# EL SILENCIO DE LOS TAMBORES

JOSÉ GREGORIO BOLAÑO MARTÍNEZ

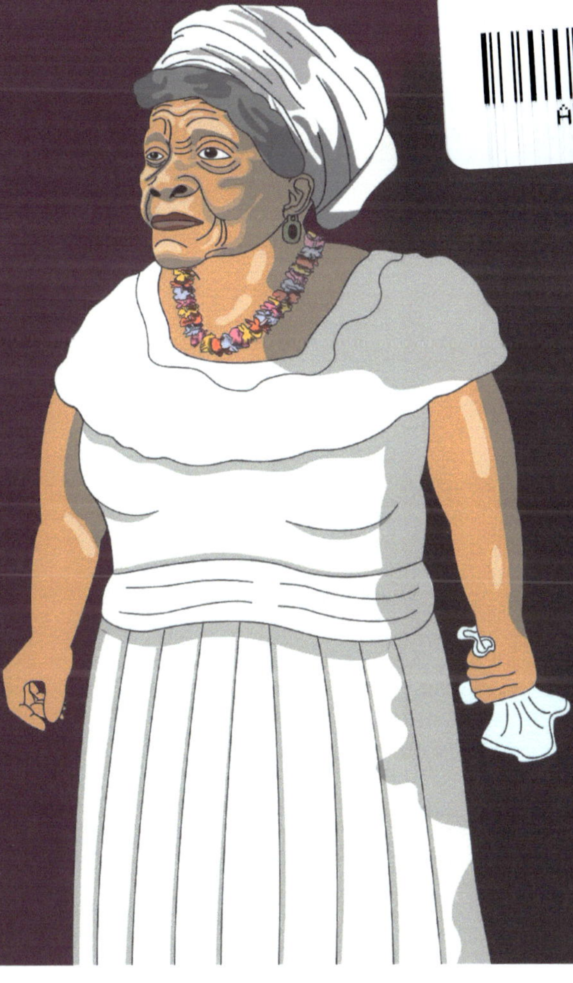

# EL SILENCIO DE LOS TAMBORES

José Gregorio Bolaño Martínez

**El Silencio de los Tambores**



Editado e impreso por:
© Grupo editorial Saque de Punta S.A.S
Cra 22 # 35-40 Edificio Apolo oficina 217. Antonia Santos –
Bucaramanga,
Santander, Colombia
NIT 901670331-5
www.editorialsaquedepunta.com

Se terminó de imprimir en junio 2024 en Editorial Saque de Punta
Impreso en Colombia/ *Printed in Colombia*

Primera edición junio 2024
Tiraje: 100 ejemplares
ISBN: 978-628-96374-1-0
Diseño y diagramación: Freddy Raúl Calienes Quelopana
Ilustraciones: Editorial Saque de Punta S.A.S.

# EL SILENCIO DE LOS TAMBORES

José Gregorio Bolaño Martínez

# ÍNDICE

# PRÓLOGO

*El Silencio de los Tambores* es una antología que nace de la inspiración poética de José Gregorio Bolaño Martínez, quien exterioriza a través del presente compilado de cuentos y poemas los sentimientos subyacentes de la tristeza, nostalgia y sensación de vacío, soledad y hasta intriga que albergan los personajes de sus historias. El lector podrá visualizar con su imaginación cada detalle narrado, pues el autor no descuida ninguno, logrando que podamos sumergirnos en cada relato. El autor reúne varias composiciones para mostrar y compartir el tesoro de relatos en torno a una idea, un estilo y evento cercano a él. La franca expresión de las compilaciones cristaliza una delicada intimidad enriquecida por múltiples vivencias.

Cada historia refleja el sufrimiento que muchas veces se calla pero que la mirada grita, se revelan aprendizajes; fortunas e infortunios; amor y desamor; experiencias como partículas suspendidas en el aire; llevadas al lenguaje de lamento y esperanza. Se despliega un universo narrativo tan profundo como los tambores que una vez resonaron en un pequeño pueblo. A través de una colección de relatos entrelazados, el lector es transportado a un mundo donde la vida se desenvuelve en armonía con las tradiciones ancestrales y las creencias arraigadas en lo más profundo del ser humano. Personajes como María, Raquel, Juana y muchos otros cobran vida en estas páginas, mostrando la complejidad de las relaciones humanas y la fuerza de la comunidad en un entorno donde cada acción, por más pequeña que parezca, tiene repercusiones que van más allá de lo inmediato. Los tambores, aún sin su música, te transportan a las polvorientas calles de ese embrujado caribe y a sus delgadas y huérfanas aguas sabaneras silenciadas por el olvido.

Por otra parte, José Gregorio Bolaño Martínez inspira cada verso por el amor de sus experiencias diarias, donde el amor, el anhelo y la esperanza constituyen la médula espinal de los poemas. Estos son de corte personal, en los cuales se representan situaciones hacia la persona amada y que, no siempre es correspondida, aflorando, de esta manera, armonías y penas.

Sin lugar a duda, *El Silencio de los Tambores*, es una obra que aporta mucho al activo literario colombiano, logrando inspirar y hacer reflexionar al lector luego de leer cada historia. Con la lectura de esta joya podrá evidenciar la existencia de elementos sublimes idóneos para colmar de imágenes su mente, envueltas en dolor, angustia, soledad, disimulos y un sinfín de sensaciones; una antología congestionada de anhelos. Por lo tanto, los invito a sumergirse en este libro que capturará su atención por completo.

**José David Castellanos Orjuela**

**Bogotá; DC.**

# CUENTOS

# ALMA VACÍA

No tengo mucha inspiración artística porque no tuve madre. Mi padre nació en Estados Unidos, trabajaba en una casa inmensa, donde nacieron muchos hermanos míos. En cuanto a mí se refiere, primero fue forjada mi alma y luego mi cuerpo, no me sentía muy orgulloso de mi panza; pero sí de mis ojos que siempre eran observados con miedo. Tuve muchos hijos, cada vez que salían de mi abdomen jamás regresaban y confieso que nunca sentí nostalgia alguna.

En mis escasos días de juventud sentía que mi padre disfrutaba de mi compañía, llevándome con regularidad al campo para jugar, en ocasiones también lo hacía en recinto cerrado, debo admitir que no era tan divertido pues ahí se me tapaban las orejas.

Recuerdo como un suceso caliente, aquel gélido día que mi padre me limpió con finos aceites y luego me trasladó a una enorme finca habitada en su mayoría por hombres como él. A decir verdad, no lo extrañé, a los pocos días de residir en esa finca de sujetos que lucían los mismos vestidos me adoptó un joven que no superaba los veinticinco años. Él me hablaba mucho de su esposa como alguien amorosa, de voz suave y mirada adormecida, repetía cada día: "ya falta poco para besarla, estrecharla en mis brazos y decirle lo solo que me siento y la tortura que producen las afligidas noches que reclaman su piel".

Percibí en poco tiempo que esa faceta de mi vida era muy apacible, pues visitaba el campo, jugaba con mis hijos, que a cada rato se iban sin retorno, pero lo que más disfrutaba eran esos momentos en que él me hablaba de esa mujer. Yo quería sentir lo que profesaba por esa persona, algo que yo no sentía por nada, ni por nadie, pues mi padre me había abandonado y en pocos días lo había olvidado.

Soy malo para recordar fechas exactas, pero creo que justo dos días antes de reencontrarse mi nuevo compañero fue trasladado para otro lugar en la frontera sur. Y sentí que esa situación tan amarga para él le hizo acrecentar el cariño hacia mí. A medianoche me agarró fuerte, tanto que sentía su respiración como el eco de un vaso en la oreja y luego me unió a su cintura con una correa café que parecía sentir celos, pues en ocasiones me soltaba de tal manera que columpiaba al borde de caer y otras veces me apretaba tan fuerte que sentía su rechazo.

Mi tutor aparejó a Trope, una bestia negra y gorda de cuatro patas, y en ocasiones hasta engreída, porque si no le acariciaban el cuello y le hablaban al oído se resistía en transportar a mi amigo, agradezco que nunca tuve que oler su bufar. Subimos al lomo de ese enorme cuadrúpedo y comenzamos a caminar, trotar y correr en la claridad de la luna, la oscuridad del bosque y la espesa neblina; hasta llegar a un campo que olía mucho a mí.

Un sujeto que se diferenciaba de mi padre, porque no se rasuraba el bigote, gritó con una fuerza, a mi parecer, desmedida:

—Formar en cuatro columnas. —Parecía que había hablado el padre de todos, porque sentí el temblor del suelo en la caída al unísono, juntaron las piernas a la voz de firmes. Se presentó aquel mandón como el sargento Pablo Nadal, comandante del tercer pelotón de infantería, encargado de contrarrestar el avance enemigo.

Nos enviaron a la frontera, tan solo llevábamos unos minutos en el campamento a escasos metros del frente y le ordenaron al soldado Martínez que tomara su caballo y se dirigiera a reforzar un pelotón que había sido disminuido en combate. En ese recorrido hubo mucha tensión en el ambiente, mi amigo me abrigaba con sus manos temblorosas a tal punto que me sacudía en todas direcciones, mis hijos salían con mayor frecuencia de lo normal pero cada vez me gustaba más el nebuloso olor del campo, que solo era diferente cuando me bañaban con aceites. A pocas horas de estar en el frente la situación cambió para Martínez, no hablaba con nadie, dejó de contarme sus historias, no volvió a mencionar a su pareja, la congoja fue tal que lo trasladaron a una carpa, su comida era totalmente líquida y su aspecto físico empeoró progresivamente como el de sus compañeros tirados en la paja.

Todo cambió para mí, pues me embarcaron en una caja de pino madurado al sol opaco del invierno, solo sentía el resoplar de mil Tropes, suponía por la magnitud del ruido que se trataba de un gigante a vapor hamacándose en un angosto puerto.

Después de aquel eterno hamaqueo, desperté en las manos de un sujeto desconocido, que me aseaba con un trapo rojo, este no olía tan mal, pero de ahí en adelante mi vida cambió radicalmente, a pesar de que conocí mucha gente casi todos con el mismo aspecto, no volví a tener un momento apacible. Todos los días escuchaba voces tan diferentes que no lograba identificar ninguna en particular.

Cierto día descansaba en mi casita, cuando un sujeto me señaló con su índice, llenó mi panza y salimos a toda prisa, con rumbo a una persecución. En poco tiempo interceptamos a unos jóvenes que proyectaban una mirada humedecida con lamentos, a la voz de alto, dejaron caer a un pariente lejano, pero eso no bastó porque también cayó mirando al cielo, mientras besaba un pedazo de madera que prendía de su pecho. Este señor que me sujetaba fue vitoreado por sus compañeros y al otro día su rostro andaba de mano en manos. De ahí en adelante, solo era sacado por él y caminábamos calles acolchonadas por mugre y habitadas por sujetos miedosos que se hincaban al vernos, muchos de ellos eran obligados a ver fijamente mi alma, mientras mis hijos los silenciaban para siempre. Fue una rutina por mucho tiempo desgastante, a tal punto de verme obligado a constantes baños de aceites que, sin embargo, eran recompensados por las últimas miradas de respeto que mi alma impartía, solo pocos me miraron con arrojo, haciendo más fuerte la caída.

Ahora, me vale saber con quién salgo si termino con cuánto santo pase mi camino. Pero jamás advertí que terminaría siendo parte de una práctica absurda, junto a los sujetos que me acompañaban en fríos cubículos donde se escuchan muchos ruidos y voces chocantes de lenguas inverosímiles que mezclaban palabras con números. Ahora, después de tantos años, mi piel se ha oscurecido y mi aspecto en general ha cambiado, muchas de las personas que me miran dicen que deben unirme a otros para nacer de nuevo.

# AQUÍ 'TO YO

De nuevo aquí lavando una indeterminada cantidad de platos, en un tiempo indeterminado y con una incapacidad de concentración, después de tender las camas y huir de la presencia de mi madre. No soy capaz de permanecer tan solo cinco minutos ante ella, sin embargo, espero con impaciencia la llegada de ellos. ¡No sé por qué los extraño tanto!

—Hola, Lorena, ¿cómo estás?

—Bien, Luciano, esperándolos para jugar —Exclamé. — ¿y qué pasó con Juan?

—Se quedó con Ana.

—Bueno, entonces juguemos los dos —Apelé, sonriendo.

—Cuando termines tus labores y llegue Juan. —Dijo Luciano.

—¡Está bien! —Riposté con un dejo de tristeza.

Mejoró mi ánimo y pude terminar los oficios más temprano de lo normal. Pero estaba intranquila porque no llegaba Juan, "trataré de convencer a Luciano para que juegue conmigo".

—Luciano, juguemos por favor.

—No, esperemos a Juan.

No tuve otro remedio que correr a mi cuarto y acostarme mirando al techo y cuestionar mi corta vida invadida de largos infortunios, al menos para mí. Solo quiero que Juan llegue primero que mi madre para poder jugar con ellos, si no tendré que resignarme.

Escuché el fabuloso ruido que hace la llave dentro del picaporte al recorrer media vuelta para abrir. Todo se opacó cuando sentí descargar las llaves en la repisa metálica de la entrada. Y prosiguió su camino como religiosamente lo hacía para tomar el termo y servirse una taza de café, no tuve otra alternativa que ajustar la puerta de mi cuarto y tomar la posición de defensa a su llegada. Después de tres sorbos se acercó al borde de mi cama, metió los brazos por debajo de mi espalda para tratar de alzarme, pero tuvo que complacerse con un superficial beso que robó de mi sienes, di media vuelta y fijamente comencé a mirar la pared, pues era muy agobiante para mí observar su rostro de felicidad que contrastaba con mi vista perdida y ceño fruncido.



Fueron instantes trepadores de espera, hasta que la voz grave, ruidosa y a veces débilmente incontenida de

Juan alumbró mis ojos. Salí fletada del cuarto con todos los balones a mi alcance e irrumpí en su habitación arrojándoselos. Juan pateó con fuerza un balón de microfútbol acertando en mi nariz, desperté en el hospital con la cara vestida de zombi, con los ojos pequeños y los labios de boxeador decidido a salir de la pobreza sin la adecuada preparación, como si solo el coraje bastara. No me disgustó mi desfigurada cara, pero sí el sentir mi mano abrigada por las manos de mi madre.

—Lorena, ¿tu padre ha venido a verte? —preguntó Rebeca, mientras leía la epicrisis.

—Tal vez. —Respondí, mirando a la pared.

—Lo he llamado para decirle que estas hospitalizada y no me responde. —Apeló Rebecca.

—¡Me puedes dejar sola! —Exclamé.

Solo quería ser como ellos, que me trataran como ellos se trataban. ¡Será mucho pedir!, pero no tuve más remedio que disfrutar mi estancia en la clínica, ahí me trataban como yo quería.

# SIN RITMO

Nuevamente, frente a la ventana como en un panóptico observo la precaria casa habitada por dos personas adultas, una jovencita de escasos 8 años y un perro felizmente negro. Escucho pasos que se aproximan a la puerta principal, giro el cuello y me dicen en un rato vuelvo.

Sigo contemplando el paisaje decorado por las personas que transitan a través del marco. Sale María a tomar el sol y abraza a Julián que miraba lejos y sin dirección, pero éste se aleja con gestos de desaprobación, ella lo sigue, sale Fátima y se posa entre ellos y, los mira intermitentemente, ambos quedan estáticos, pero gesticulan cuando la pequeña agacha la cabeza. Infante invita a jugar a Fátima arrebatándole una muñeca de la mano, los dos corren por el patio cubierto de escaso prado. María empuja a Julián haciéndolo caer sobre un viejo sillón, él se levanta con los puños cerrados se le acerca a tal punto que rozan sus sienes e intercambian quejas indescifrables. Julián ingresa a la habitación, agarra una camisa y sale trotando del predio, Infante lo sigue hasta la cerca y se devuelve a jugar con la chica.

El sonido de la puerta me hace girar nuevamente la cabeza, nadie ingresa y sigo mirando por la venta. *Soy por los de afuera ignorado porque así debe ser.*

El pasillo empuja sonidos de nuevos pasos que a la puerta llegan desmayados. Hoy miércoles, como de costumbre, Pablo rebusca en las canecas para seleccionar material de la basura. Sin embargo, es feliz seleccionando lo que otros desechan, pues para él significa alimentos y un techo. Desearía tener la suerte de Pablo y estoy seguro de que el anhelaría la mía. Siempre inconformes, siempre desdichados somos los hombres cuando nos comparamos.

No logro abrir los ojos y, cuando por instinto lo hago, no distingo entre la oscuridad y la claridad; solo sonidos mezclados con los alaridos que llegan a mis oídos. Siento sombras de arañas gigantes que se desplazan por la fachada y que un estruendo de hojas de vidrios golpea el piso, la brisa rocía mis labios que inmóviles agradecen la compasión de extraños.

—No tiene pulso, ni respiración. —Escuché como el eco de un llamado a millas de mi barco y, por segunda vez en muchos años, sentí el pecho abrigado.

# FAJADA

Angelino sacudía un pedazo de cartón, mientras frotaba las plantas de sus pies. Todas las noches dormía en un lugar diferente de su casa, escogido de acuerdo con los misticismos heredados de sus abuelos; usaba un toldillo gigante pero que, por más maromas y contorsiones que hiciera, sus enormes pies quedaban expuestos a mosquitos, tarántulas y a toda clase de roedores.

Su esposa Raquel hacía lo propio para acomodarse en la cama de un solo cuerpo, ubicada con la cabecera junto al alféizar. Si se acostaba mirando a la pared, el busto derecho comprimía el izquierdo; si se tumbaba boca arriba, sus pulmones pedían auxilio y si se acostaba boca abajo, su cuerpo formaba un ángulo de ochenta grados.

La felicidad que le producían sus enormes senos en el día contrastaba con el desvelo nocturno, pero jamás se quejaba, pues gracias a esos atributos pudo mantener a su esposo más fiel que sabueso adoptado.



Con la algarabía propia de quienes amanecieron bajo los efectos de bebidas condensadoras del ánimo, llegó Nubia, la hija mayor, que disfrutaba de la libertad que le proveía su reciente ciudadanía. Era madre de cuatro hijos, el último tan solo rondaba el año. Empujó la puerta tratando de ubicar a su itinerante padre para sortear el sermón de siempre, pero con tan mala suerte que se enredó con un extremo del toldillo y cayó encima del regazo de su padre.

—¿Dónde estaba la señorita? —Preguntó Angelino.

—En el parque con unos amigos. —Respondió Nubia, sobando su abdomen.

—¿Dónde usted quede embarazada, le juro que...? Porque no soportaría otra barriga suya. Piense, por favor, ya tiene cinco hijos de padres diferentes y sigue por las mismas de antes, como si no fuera madre.

En medio de aquella escena en la que reinaba el desorden en la sala despertó Raquel y salió corriendo del cuarto al ver a su hija desgonzada en el piso, la levantó y pudo notar su rostro gris, labios blancos y un sudor frío que expelía su cuerpo, y con voz enérgica dijo.

—Angelino, debemos llevar a Nubia al hospital, está inconsciente.

Angelino, como los gatos que al ser lanzados al vacío dan volteretas, pegó un brinco y cayó de pie. Todavía aturdido por los gritos de su esposa mezclados con sueño interrumpido, tomó en sus brazos a su hija y la trasladó con tanta prisa como el desespero le permitió. Irrumpió en el centro médico donde esperaban dos enfermeras y un doctor jugando parqués, con toda la paciencia de un costurero sin trabajo acumulado. El doctor le indicó:

—Colóquela en la camilla por favor. ¿Qué le sucedió?

—No sé doctor, ella salió con sus amigos y al llegar a la casa se cayó. —El médico le sugirió que saliera del consultorio un momento para examinarla, bastó que Nubia se quitara la blusa para desvelar el secreto oculto bajo una faja elástica que cubría su abdomen.

—Felicidades, abuelo. —Le dijo el doctor al salir del consultorio con una sonrisa que no separaba sus labios y golpeando la espalda de Angelino.

En ese preciso instante entró Raquel, y al ver el rostro sin consuelo de su esposo, preguntó:

—¿Qué pasó con la niña? —Gritó su madre.

—Respóndele a tu madre —Apeló Angelino.

Salió corriendo en forma de zigzag, llegó a su casa, sacó debajo de su cama un cuchillo acerado y le propinó varias puñaladas en el pecho a su sobrino. Apretando el mentón salió limpiando las manchas de vinotinto de su ropa, tomó una cuerda la amarró en el árbol frente a su casa, donde sentado en un taburete solía observar a sus cinco nietos hacer pilatunas en la calle sobre el humo que producían las ráfagas de sol al chocar con el pavimento. Saltó al vacío pronunciando el nombre que pidió colocar a su nuevo nieto.

# LA CONDENA

—Sé perfectamente el delito, abogado. Solo quiero escuchar al juez de mi alma y al jurado de mi conciencia para que me digan la verdadera condena. Este encierro me causa un ciego alivio y da paz a mi alma, solo yo soy culpable por errar al conquistarla. Ahora, dígame, abogado cuál es la base de mi defensa, quiero saber si tengo esperanzas en que sean justos con la pena. Sé que no me darán la libertad, pero tampoco quiero un castigo a perpetuidad.

—La defensa sería sólida y no iríamos a juicio si usted, señor David, condena abiertamente al olvido a esa desalmada mujer.

—No es desalmada, abogado. —Exclamó David, acurrucado, y soportando los codos en las rodillas, mientras deslizaba su cara entre sus manos sudorosas. — No es desalmada, doctor. Inés es el alma más transparente que haya conocido, es como las cristalinas aguas de las altas montañas descontaminadas por la ausencia humana.

—Con esos argumentos, David, afirma su culpabilidad.

—Nunca he querido ser absuelto, pero tampoco condenado injustamente, por lo tanto, no espero otra cosa que usted convenza al jurado para que prescinda de cualquier subjetividad o solidaridad de género y analicen objetivamente mi caso. —Le dije, mientras el abogado se disponía a mirar su reloj de pulso, y el guardia de prisiones me agarró por el antebrazo, retiró las esposas y me condujo a la corte.

—Iniciamos la audiencia de responsabilidad del Estado de la Cordialidad contra David Gnecco, continúe con la acusación, fiscal. —Instó el juez, martillando el pupitre.

—Como es bien conocido por el pueblo y esta Corte quien se extralimita u omite el deber sagrado de amar, es determinador de faltas graves contra la felicidad y la existencia misma de la humanidad. El acusado no fue capaz de cumplir uno de los fines esenciales del Estado, hacer feliz a Inés. Dicho lo anterior pido sea llevado como medida cautelar a una prisión estatal, mientras su señoría dicta la fecha del juicio.

—Objeción, su señoría —solicitó la defensa, en tono enérgico, manifestando que su defendido, jamás había transgredido el ordenamiento jurídico y mucho menos los derechos tutelados de Inés.

—Acérquense los dos. —Dijo el juez, señalando con el índice al fiscal y a la defensa. De camino al despacho del juez, el fiscal increpó a la defensa.

—Dígale a su cliente que confiese y se declare culpable, con eso evitará un largo juicio que atormentará aún más su despellejada alma, como dijo Shakespeare: “el exterior pregona el interior”, y, por el rostro del acusado se aprecia abatido y muerto en vida.

—Iremos a juicio si así lo determina su señoría, no a su petición. —Espetó la defensa, acomodándose la corbata.

—Les exijo por la solemnidad de la corte que ustedes se comporten a la altura de la misma. —Declaró el juez, golpeando con frustración la mesa.

Cada vez que reanudaba la audiencia sentía miedo, tranquilidad e impaciencia, la cara adusta del juez, sus cejas blancas unidas por el ceño fruncido y su ronca voz no eran para nada acogedoras.

—Se reanuda la sesión, proceda la defensa. —Ordenó el juez.

—Mi cliente es inocente de todos los cargos que le indician. David actuó bien desde el principio, como le ordenó su alma, la describió con poemas, se conocieron con el ir y venir de palabras y miradas, con gestos y silencios que ambos exteriorizaban.

—Objeción. —Apeló el fiscal.

—Objeción denegada. —Demandó el juez.

—Continúo, su señoría: Inés, siempre fue esquiva presa de amores atormentados por viejos espantos que desgarraron su alma y endurecieron su espíritu, ¡no más argumentos su señoría!

—Prosiga la fiscalía. —Indicó el juez.

—No todo lo que brilla es precioso, el acusado no le imprimió todas sus energías a la relación, por el contrario, tuvo paciencia con sus pensamientos y tranquilizó sus esfuerzos, y eso es una ¡clara omisión! Por tanto, pido sea llevado a juicio y que el honorable jurado, con base en el acervo probatorio, lo declare culpable.

Las últimas palabras del fiscal me impidieron escuchar el martillazo del Juez, me di cuenta de que había terminado la audiencia cuando el guardia me colocó las esposas.

De camino a la prisión pensaba en la condena que me impondría el jurado, porque siento un profundo miedo si llegaran a condenarme a cadena perpetua, sin la oportunidad de volver a ver la fresca sonrisa que proyecta en conjunto con su rostro, su piel achocolatada, su hermosa silueta como maniquí que exhibe fina costura. Mis sentimientos me decían como una voz que  todos escuchan menos yo:

*Quieres volver a ver a la culpable de tu infortunio quien te tiene preso solo por orgullo, quien nunca te dijo un te quiero. No sé de dónde salía otra voz que la defendía dentro de mí, emulando la audiencia que apenas había concluido, pero esta vez la corte era yo, mis pensamientos revueltos con mis sentimientos, entrelazados con el alma y la conciencia, llegué a pensar que la cordura había abandonada mi vida. Esa segunda voz repetía: Inés nunca dijo que te quería, pero sus ojos lo expresaban, nunca te dio un beso, pero en su imaginación los guardaba, jamás tenía tiempo, pero un poco te dedicaba. No sabía a quién escuchar, ambas voces me atormentaban, deseaba ser el juez para terminar aquel juicio en mi conciencia, que no acabó con el martillo del honorable, pero sí con la grave voz del alcaide, quien le dijo al guardia de prisiones:*

—Llévelo a la celda con el preso 4896, de ahora en adelante su nombre será 2510. —Al transitar esos gélidos pasillos sentí un gran alivio porque mi conciencia me decía que era lo correcto por el trato dado al amor de mi vida. El guardia quitó mis esposas y tras abrir una oxidada cerradura me empujó al interior de una oscura celda.

—Hola. —Exclamó el compañero de cuarto.

Sus ojos estaban más encarcelados que su propia vida, me senté en mi cama y la curiosidad del gato actuó en mi compañero quien me preguntó:

—¿Cómo te llamas? –Mirándome de pies a cabeza.

—David. —Respondí entrecortado.

—Soy Juan, no sé si esté bien decirte que bienvenido.

—No hay lío. –Le dije, mirando el piso.

—¿Por qué te encerraron, David?, no me digas que eres inocente o que es una confusión.

Si él supiera que sabe la respuesta, pues no hay confusión alguna.

—El delito fue haber mentido y omitido detalles con el amor de mi vida. Hice cosas que el destino y la ley del amor no perdonan, mas condenan con toda rigurosidad.

—¿Tú porqué estas aquí, Juan?

—Por defender mi honor, pero creo que utilizo el honor para no torturarme tanto.

—No entiendo por qué meten preso a alguien por eso. –Manifestó David.

—Las cuestiones del honor acabaron en delito.

—Oh, lo siento. –Dijo David.

—Tranquilo, ya me condenaron a catorce años, llevo cinco purgando la pena, en cuatro años puedo solicitar libertad condicional por buena conducta, y haber cumplido las tres quintas partes de la pena. Pero nunca me libraré de la verdadera condena.

Cada vez me interesaba más por su historia, finalmente todos tenemos algo que contar u ocultar, pues no creo que haya alguien sin manchas o lunares, solo que los esconden y proyectan falsan impresiones. Sentía que el destino nos había encerrado en nuestras propias conciencias, porque en verdad la cárcel era un alivio mental para ambos.



—¿Cuál es la verdadera condena, Juan? –Pregunté expectante.

—La condena moral es la verdadera condena, esa nunca la pagaré. —Prosiguió su relato con la voz humedecida por el llanto de su alma.

Continuó Juan:

—La golpeé, le di tan fuerte tan fuerte que ahora se moviliza en ruedas, según los médicos esas secuelas son de por vida. Y todo por prestar atención al chisme de un vecino disfrazado de amigo quien me interceptó un lunes cuando madrugaba al trabajo, sembró la ponzoña de la duda en mi cabeza, al decir que Teresa me era infiel.

Su rostro se descompuso, los ojos dejaban ver los barrotes de la desesperación motivada por los hechos.

—Para, por favor. —Le dije secando mis ojos.

—No te preocupes. —Respondió Juan, halando su overol a dos manos mientras continuaba su nostálgica y lamentable historia.

—Por primera vez alguien me escucha en silencio y con interés. Quisiera borrar ese desgraciado lunes del calendario para cesar tan grande amargura. Perturbado por lo que mi vecino me contó llegué a mi casa, Teresa preparaba una pasta a la boloñesa, la mesa del comedor estaba vestida con un mantel blanco y encima tenía una botella de vino, que sin destapar dejaba fugar su aroma, dos velas: una a media vida y la otra comenzaba su camino al fin. En ocho años de matrimonio esos detalles se habían olvidado y no recordaba la última vez que mi esposa hizo algo parecido, tampoco era nuestro aniversario, la fecha no coincidía con su cumpleaños o el mío, entonces recordé lo que me había dicho el vecino disfrazado de buen amigo, y puse en duda que ese detalle fuera para mí.

Hizo una breve pausa, en esos segundos de silencio, quise continuar su relato en mi mente para darle un final distinto al que ya presentía, pero después de que Juan pasara dos tragos de amarga saliva, ese gesto común en los desesperados, que en vez de calmar la sed deja la boca polvorienta, prosiguió:

—A veces el destino conspira para que las personas se destruyan, mi jefe en la fábrica me devolvió a casa porque necesitaba que hiciera doble turno el día siguiente, por esa simple razón, llegué a las doce del mediodía a mi casa, lo que más me impresionó del escenario montado fue que Teresa no se sorprendió, como si supiera que ese brumoso lunes yo saldría temprano, no entendía cómo pudo haberse enterado, ni tan siquiera yo lo sabía, le grité que por qué me hacía eso, si yo la amaba con todas mis fuerzas. No musito nada, pero miraba mis ojos con una profunda tristeza que la trasladó a mi vista, la espalda me volteó, lloró sin defenderse de los hechos que le endilgaban. Vino a mi mente ese adagio "el que calla otorga", en aquel momento creía que era infalible, sin embargo, ahora estoy convencido que es un dicho estúpido porque las personas callan por múltiples razones, no siempre lo hacen porque se están auto inculpando. Mi paciencia se acabó y la violencia de animal salvaje que todos tenemos, pero la reprimimos para tratar de vivir la vida un tanto tranquila, salió a flote y con una descomunal fuerza la arrojé al piso, nunca más se levantó. Antes de tumbarla lloró, pero cuando la golpeé dejó de sollozar, como si esa reacción violenta mía era lo que ella reclamaba, le dije que me hablara, que se defendiera, tan solo sus ojos negros e intensos respondieron que me privaría por siempre de la voz que tanto me halagó. Luego llegaron los paramédicos, mientras la atendían, me senté en el comedor y en el otro extremo estaba una fotografía mía, junto a la vela que apenas iniciaba su camino, esa imagen me la había tomado Teresa justo el día en que nos hicimos novios.

Atentamente lo escuchaba y dentro de mí se estremecía el corazón y el alma provocando un remolino de emociones, que podía experimentar el dolor que Juan sentía, la impotencia de no poder mostrarle a mi mente el final que yo quería para tan conmovedora historia desgajó una lluvia en mi rostro. Él se acostó en el puesto de arriba haciendo temblar mi cama por los lamentos que emanaba.

Me quedé dormido y apareció Inés, absorto la contemplé, siguiendo sus manos que golpeaban su pecho y me reclamaba porqué yo le había prometido todo en la vida, y no cumplí con nada.

# LAS FLORES

Tomó el ramo de flores que le había entregado Samuel, se despidió tan rápido que los cabellos se despegaron de sus hombros, subió los ocho pisos que le conducían a su apartamento sin percatarse que el ascensor estaba en el primero a su disposición. Entró con tanto agite que resoplaba como un caballo después de dar enésimas vueltas al hipódromo para coronarse. Su hija saltó de la cama y corrió en su auxilio.

—¿Qué pasó mamá? —Preguntó Katherine.

Muda y con las flores sujetadas a dos manos, con los ojos tan abiertos que prometían abandonar la cuenca ósea que los alojaba, solo extendió el silencio que inquietó más a Katherine, quien le arrebató los lirios y se dirigió a la ventana para arrojarlos; en el preciso instante en que sus manos formaban la parábola para despedirse del ramo lo más lejos posible, María gritó tan fuerte que los vidrios del ventanal le siguieron con su eco:



—No las botes, me las acabó de regalar Samuel. —Le dijo María.

—Entonces ¿Qué hago con ellas?

—Déjalas detrás del comedor.

Allá quedaron las flores, olvidadas y sometidas a la oscuridad, que le había dado con tanta ilusión Samuel, pues en estos tiempos parece que ese tipo de detalles han sido olvidados. En la mañana siguiente María se desplazó con el sigilo de un huésped que no quiere interrumpir a sus anfitriones, se acercó a los lirios del deliro y los contempló por escasos segundos que le sacaron una tímida sonrisa, no fue capaz de tocarlos y se devolvió con menos precaución hasta su habitación, pero sin dejar de mirarlos de reojo.

Antes de servir el almuerzo, con la mirada mezclada de asombro, ternura y alegría, Katherine observaba a su madre limpiar un empolvado florero y alojar en él las intimidantes flores. El almuerzo y la cena fueron aromatizados con la fragancia que expelía el ramo.

Don Jorge Arroyo llegó de improviso a visitar a su tercera hija, su dicha no pudo ser mayor al ver en el centro de la mesa el decorado que por mucho tiempo había anhelado en el apartamento de María. Fue hasta la habitación, la abrazó y le prometió no volver sin flores, y le dijo que por fin había superado el trauma de la tía Josefa; María no respondió más que con un largo suspiro y el desmoronamiento de sus parpados.



De regreso a casa, en su casillero había un ramo con variedad de flores y colores exóticos, entre ellas orquídeas, cayenas, flor de azúcar, geranios y heliconias, todas impregnadas del caballero de la noche. Fue tal la emoción de María que, oliendo el ramo con los ojos cerrados, le marcó a Samuel y con gran entusiasmo le dijo:

—Gracias Samuel, que ramo tan lindo.

—No te he enviado flores. —Al otro lado de la línea perplejo le contestó.

María colgó el teléfono, abrazó el ramo y subió al apartamento y las depositó en el búcaro, mientras las observaba con ardor.

Desde ese momento inició una implacable búsqueda para dar con la identidad del misterioso personaje que le había impactado con tan subliminal regalo. Empezó por los compañeros de la oficina, les analizaba para identificar cualquier gesto, mirada o mensaje silencioso que pudiera delatar a la persona que la mantenía intrigada. Como en la oficina no obtuvo información concluyente, al otro día comenzó cuál fiscal a interrogar a los guardias de seguridad, pero todos se negaron a dar información alguna. Entonces desplegó todo su conocimiento de criminalística, tomó el embalaje de las flores y prosiguió a untarlo con mina de lápiz y luego con cinta transparente extrajo las impresiones dactilares, pero con tan mala suerte que el resultado obtenido estaba contaminado con las huellas de los guardas y las propias. Pasaron los meses y seguía obsesionada con la persona que le había enviado el ramo, no volvió a verse con Samuel y todos los domingos de manera religiosa compraba un ramo de flores para decorar su casa.

Cuando sus esperanzas se habían desvanecido como el sol veranero que se oculta en cámara lenta tras las grises montañas de la santa fe, recibió otro ramo de flores idéntico al de unos meses antes, pero esta vez tenían una nota con invitación a cenar en un restaurante al norte de la ciudad. Sus ojos brillaron como los de una pantera en la penumbra, sus manos sudaban y su respiración se aceleró. Sin pensarlo dos veces subió al primer taxi que le hizo parada de  camino al anhelado encuentro, entró al restaurante y la hicieron pasar a una mesa reservada para dos personas, mientras leía la carta, una opulenta silueta se plantó frente a su silla, e hizo temblar sus labios y palidecer su rostro que momentos antes solo brillaba de alegría. El misterioso visitante se alejó vertiginoso tras el ensordecedor ruido de ambulancias y chillidos.

# Y SI EL MALO SOY YO

—Siga por favor, Eurídice ¿Cómo ha estado?

Solo el silencio siguió las palabras del anfitrión y una mirada auscultadora que le desvestía el alma a cualquiera que tuviera alma.

Después de un indeterminado tiempo, Eurídice le increpó con una particular voz distorsionada por el ruido de sus pesadillas internas.

—¿Usted recuerda al joven Martín, que prometía ser un genio matemático al descubrir, mediante algoritmos, ¿cuántos orgasmos bastaban para que una pareja perdiera el apetito sexual?

Continuó Eurídice desencarcelando los aullidos reprimidos por siglos de desesperanzas y aislamiento:



—Ah, ¿le sugiere algo el nombre Hipólito Cantón, de apellido y oficio parecido, pero desaparecido por sus letras? ¿Qué me dice de Ana De los Ángeles? Ni siquiera su segundo nombre le competía a su belleza y dulzura, pero no pudimos ver más su esbelta silueta en parques y andenes. O hábleme de Armando Sandoná que, por cierto, lo visitó en muchas ocasiones quizá atormentado por el regreso de María. Deme noticias de José Abel Rala buen padre y esposo, pero a quien las cartas le jugaron una mala pasada. También hace parte de su característico abandono Luz Fátima, de pocos años, convertida en ángel por la hipotermia. No puede decir mentiras por la desaparición de Tranquilino Velandia, el pobre vagó sin consuelo hasta ser carcomido por la impotencia, su agonía fue vista con indiferencia, mientras se aferraba a unos pequeños calcetines. No me diga que tampoco conoció a Dagoberto Alfonso quien, con su particular forma de convencer, logró dejar su antro de oraciones sin ningún desprevenido. Le cuento que Aurelio García también se fue del pueblo cuando supo que yo lo estaba buscando, dejó todo y salió con lo que tenía puesto, finalmente lo que uno lleva puesto nadie lo puede ver, solo cada quien lo puede sentir. Esto no es una confesión, es un reclamo señor de señores. Todos tienen su propia verdad.

# El SILENCIO DE LOS TAMBORES

El silencio de los tambores tenía abrumados a todos en esa pequeña población de indios, mestizos, blancos y pecosos de pelo quieto y facciones rudas. El ruido para algunos no nativos o simplemente viejos sordos, pero de oídos sensibles a la algarabía de sujetos que usaban sombreros, pañoletas e instrumentos de aire y percusión; se pavoneaban con orgullo por las polvorientas calles de aquel feliz pueblo, donde ni una sola alma quedaba dormida en los calurosos cuartos, en las cocinas de patios o en sus lechos de muerte; pues para nadie era inadvertido semejante jolgorio.

Todo cambió con la ausencia inesperada de la vieja Juana...

Solo recordaban los bailes que ella realizaba en la mitad de los músicos con billetes ardientes sujetados con una mano, mientras con la otra meneaba la pollera de vistosos colores y ruedos desplegados como cascadas hasta los tobillos.



En la gallera del pueblo, sitio de cofradía, donde los gallos eran los únicos que demostraban las ganas de vivir tratando de eliminar al otro, dos víctimas del silencio exclamaron:

—¡Insólito que la vieja Juana haya cometido tan grande error en tarima! —Dijo quitándose el sombrero, don Leoncio Bustamante.

—¡Ombe! Este pueblo está echado a perder, de la estrella de los fandangos ya no queda ni la más desgastada sombra. —Respondió Ramiro Lora.

El cura del pueblo cansado de escuchar en sus confesiones matutinas oraciones de hordas humanas deprimidas por la ausencia del candor de otrora época, que mantenían las alforjas llenas de bendiciones; a regañadientes tomó el consejo de Emilianito Zabala, sepulturero y administrador del campo santo, de contactar a Raquel Bedoya, famosa por la lectura del tabaco, del pocillo de café, de las líneas en las palmas, del color de los ojos; para que descifrara el misterio que tenía al pueblo sumergido en tan devastador silencio.

El heraldo encargado por el padre de trascendental misión fue nada menos que el señor Pedro Zúñiga. Sin miramientos don Pedro salió al otro día muy temprano para el caserío conocido como San Antonio Nuevo. A la entrada del pueblo se dispuso preguntarles a dos jornaleros en las orillas de la vía:

—Buenos días ¿Dónde vive la señora Raquel?

—¿Raquel qué? —Preguntó el más añejo de los jornaleros mientras tomaba chicha de un cacho de vaca.

—Raquel Bedoya.

—¡Ah la bruja! —Espetó el jornalero— Le voy a decir a donde muere. Siga derecho hasta una virgencita, después gira a la izquierda y, en una casa de techo rojo, allá la encuentra.

—Gracias. —Asintió don Pedro.

Don Pedro siguió su camino en búsqueda de Raquel mientras pensaba:

—¡Que sujetos más irrespetuosos! Deberían estar agradecidos con la señora Raquel, que ha salvado a mucha gente con sus acertados brebajes y, como partera, ha cortado más cordones que la clínica departamental.

Siguió las indicaciones y en un santiamén estaba golpeando la puerta de la mencionada casa sin obtener contestación de nadie, procedió a empujarla y se abrió con el chillido propio de goznes oxidados. Caminó hacia adentro por un angosto pasillo, atravesó un jardín florido y al fondo en una mecedora de madera forrada en cuero se balanceaba la centenaria abuela, que sin sacarse el cigarrillo de la boca le dijo:



—¿Para que soy buena?

—Vengo desde Planeta Rica. —Respondió don Pedro.

—Sé de dónde viene, le estoy preguntando ¿Qué quiere?

—Raquel, últimamente el pueblo está atravesando una crisis depresiva, la gente ya no sale, se la pasan encerrados, ni a la santa misa asisten, se lo puede imaginar.

—Solo por lo último te ha enviado el cura, debe estar preocupado por las bolsas de la iglesia.

—Doña Raquel, yo que llevo sesenta años en Planeta, nunca había sentido tanto desanimo y lo más aterrador es la falta de la chispa de la vida. Le imploro por los habitantes de esa localidad que nos ayude a superar este momento aciago porque de perpetuarse quedará un pueblo fantasma.

A la mañana siguiente antes de que el sol asomara sobre la única loma empinada, salieron en el primer bus rumbo hacia Planeta Rica; en una mochila de colores patrios la señora Raquel llevaba todo tipo de plantas, raíces y un totumo previamente cocido y secado al sol que le servía como abrevadero.

Durante el camino de dos horas don Pedro le contó varias historias, mientras ella solo le volteaba a mirar guiñando un ojo con extrañeza. Finalmente llegaron a la casa cural, el padre los recibió echándose la bendición; los invitó a seguir y les ofreció jugo, pero Raquel no aceptó mas que oír del sacerdote lo que con tanta premura le había hecho viajar.

—Señora Raquel, la mandé a buscar para que nos ayude a alegrar de nuevo a este pueblo que sufre por la desaparición de los escenarios de la vieja Juana.

—Llévenme a la casa de la señora. —Dijo Raquel, ajustándose la mochila en el hombro derecho.

—Acompáñela por favor, don pedro. —Ordenó el cura, haciendo la señal de la cruz.

Salieron del templo cural rumbo a la casa de Juana cerca del pital, reserva de agua dulce, delgada y transparente; mágicamente saborizada por las raíces de las ceibas, palmas y corozos que la mantienen fresca y suave. Raquel al pasar por ahí tomó un poco de agua en el totumo, bebió un sorbo y el resto lo mezcló con su brebaje. Una vez en el portón de entrada, el señor Pedro gritó: Juana. Después de unos minutos se extinguió el eco y salió una señora de rasgos mestizos cabello gris y sonrisa pudorosa, moviendo la mano hacia su rostro los hizo ingresar, tenían más de veinticinco años que no se veían las cálidas abuelas y se saludaron con amor fraternal.

Juana le manifestó la alegría que significaba su presencia, pues temía morir sin volver a verla; le preguntó por su pueblo y familiares enumerados con extraña exactitud y familiaridad que dejó atónita a Raquel. Sin embargo, la inesperada visita comenzó a preguntarle por su grupo de gaita, a lo cual la anfitriona respondió:

—¿Cuál gaita?

Pedro y Raquel giraron sus cabezas para chocar una mirada inaudita y reveladora. Prosiguió don Pedro:

—Doña Juana, ¿será que nos puede cantar unos pequeños versos de esa canción con la que usted abre los festivales y alborozos?

Juana se paró del taburete, lo rodó con fuerza hasta una columna arqueada de madera y les dijo con una voz umbilical:

—Se me largan de mi casa. ¿Cuál gaita? ¿Cuáles festivales y parrandas? A mí me respetan.

Salieron despavoridos, mientras Raquel le decía a don Pedro mirando de reojo para atrás, los tambores seguirán silenciados sino consiguen un reemplazo, porque esa cura no la tengo yo. No pronunció la última palabra cuando entró un señor de aproximadamente 50 años, de inmediato sonrió la señora Juana, le alcanzó una silla y no le quitaba la mirada de los ojos del forastero, como buscando por dentro del alma signos, huellas o mejor un chispazo de algo que le indicara quien era ese sujeto que se enterneció con ella, pero también prefirió hablar el lenguaje del silencio y las miradas. Juana dio tres pasos con dificultad y lo abrazó, varias lágrimas se mezclaron con ardor en sus mejillas; el inesperado visitante le preguntó:

—¿Sabes quién soy?

—No. —Respondió. —Pero mi cuerpo te ama, se ha erizado solo con verte y he llorado al abrazarte.

Desde la cerca miraban expectantes Raquel y don Pedro.

—¿Por qué ese trato tan fraternal con él y con nosotros que la queríamos ayudar se portó tan diferente? —Preguntó don Pedro sujetando el hombro de Raquel.

—Porque los lazos del verdadero amor se dan antes de que se vea el mundo.

# POEMAS

# ADIÓS

Ella miró al suelo,

Mientras el cielo se reflejó en sus pies descalzos,

ella pisó el charco que deformó su cara,

él pensó que la amaba

¡Con tanta ferocidad en su alma!

Que ella recordó la marca de su cuello,

y el agua clara resaltó su belleza.

Él la llamó arrepentido

¡Tan sordo fue su grito!

Ella levantó la cara y siguió su camino,

Sintió en el horizonte el cauce de su río.

# ORGULLO

Camino por el perdido hilo de la razón,
condenado por el ácido mar que irriga tu piel,
la miel de longevos panales
corroyó la pasión.
Vuela dentro de mi pecho el recuerdo vivo
de la cabellera ondeante,
incitando al viento a convulsionar la tierra,
para segar mi alma
de tu belleza eterna.

# EXPLOSIÓN

Tengo la esperanza que,

la progresión aritmética de la distancia

que poco a poco es astronómica,

sea destruida por una explosión cósmica,

que curve la línea equidistante de tu mustia mirada,

y sentir el fuego húmedo de tus labios

ensordecer las vivaces aguas de la ausencia.

# NO SOY YO

No soy yo quien reclama verte.

Es la brisa, el sol y el día.

No soy yo quien anhela tus besos,

es mi vida,

es mi sombra y mi noche.

¡No soy yo! Es la lluvia...

No soy yo, es la historia y sus letras

No soy yo...

es el espacio-tiempo, que tiembla por tu presencia.

# LUNA

Eterna bohemia,

tumba de secretos,

contempladora de amores

y guardiana de besos.

¡Estremeced el mar!

Que vibren mis vellos

y anuncien al cielo mis profundos temores.

Solo ella sabe a qué me refiero…

En cualesquiera de tus cuartos desvélale el secreto.

# SIERVO

¡He vivido como siervo!

Anhelando un terruño para ser feliz,

con el perdón de Eduardo Caballero,

me rehúso a seguir siendo Joya.

Ahora, solo caminaré

en el pedestal de sus sueños,

para vivir junto a ella

en una pequeña burbuja

nativa de sus jugosos labios.

# ENTRE NUBES

Si vuelvo a sentir tus manos de ese modo

Sin miedo

Si vuelvo a sentirlas como entre nubes agitadas y anárquicas.

Si vuelvo a sentir ese apretón sin miedo,

sabré que eres tú

y sabré que nunca me soltarás,

aunque estés lejos y solo

nos unen desvanecidos recuerdos.

# GRADAS

Me siento vacío y muy pesado,
el ángulo no se completa en las ruidosas escalas,
tropiezan mis pies,
escucho voces
y latidos que agudizan el peso en mis pulmones,
anhelo caer y terminarlo todo,
pero quedo suspendido en el tiempo
al ver el semicírculo verde
cada vez que titila el rectángulo que nos mantiene esclavos,
me pongo ansioso al palparlo sin divisar tu nombre.

Saque de
punta
Editorial

*El Silencio de los Tambores* es una antología que nace de la inspiración poética de José Gregorio Bolaño Martínez, quien exterioriza a través del presente compilado de cuentos y poemas los sentimientos subyacentes de la tristeza, nostalgia y sensación de vacío, soledad y hasta intriga que albergan los personajes de sus historias. El lector podrá visualizar con su imaginación cada detalle narrado, pues el autor no descuida ninguno, logrando que podamos sumergirnos en cada relato. El autor reúne varias composiciones para mostrar y compartir el tesoro de relatos en torno a una idea, un estilo y evento cercano a él. La franca expresión de las compilaciones cristaliza una delicada intimidad enriquecida por múltiples vivencias, reflejando el sufrimiento que muchas veces se calla pero que la mirada grita, se revelan aprendizajes; fortunas e infortunios; amor y desamor; experiencias como partículas suspendidas en el aire; llevadas al lenguaje de lamento y esperanza.

www.ingramcontent.com/pod-product-compliance
Lightning Source LLC
LaVergne TN
LVHW021341160826
845679LV00008B/1435

*9786289637410*